装幀　真田幸治

ひともじのぐるぐる

ジャワの雨

五郎丸岩戸安徳王塚台わが住む町の地名ぞゆかし

胎内に静かに雨を聞くごとし桜は今朝も蕾のままに

ジャワの雨スマトラの雨タイの雨めぐりめぐりて筑紫野に降る

やはらかに光の糸の飛び散りて雨は真すぐに降りしきりをり

いにしへの卑弥呼の目にもまがなしくそぼ降る雨は映りをりけむ

絹雨の肌に冷たく降る夜を余剰なる箱ひとつ捨てゆく

六月の雲は湿気を抱へ込み未だ誰にも手の内みせず

ゲリラ雨あがりし水路に消火器は水草つけてどんと立ちたり

降る雨は時に激しく人を打つ八大竜王怒れるなかれ

台風の近づく朝はじわじわと飛車角隠し黒雲が来る

春の断捨離

見る度に衰へしるき足取りに持ちてくれたる春の御新香《おしんこ》

草生まで蛇をのがしにゆく男《を》の子その目きららと春の陽に照る

水槽をちやぽんと金魚の跳ぬる音ちやぽんと一蹴り寄り来る春は

夏陰に末枯れ潜みしシクラメン春くれなゐの花よみがへる

公園にくしやみ響けば子の笑ひ子らの真似する春は来にけり

験担ぎほのぼのとしてココ勝ッツサブレ食ぶれば桜サクサク

クロックスをクロッカスと間違へて春はおぼろに花を履きゆく

雨のなか桜撮りしかカメラ持つ人はうつむき足早に過ぐ

撫でられて春の陽あびる白き犬　微笑むことの許されぬ犬

お宮さん二つもあればなほ迷ふ道を尋ねて梅も愛でつつ

ハイヒールの音は高らかつかつかつかと月へ歩むか春夜のをみな

もこもこの冬毛のごとき花咲かせ押し合ひ圧し合ふ四月の樹木

断捨離のごみ袋には愛用の青色毛布　空に返さう

のど飴の三つ四つも出でくれば口にふふみて春の断捨離

ヒトツバタゴの花

山羊の乳飲ませくれたるかの夏の少年いまやいづこに眠る

光へと歩き出したい木漏れ日に須臾に輝く山の幼木

たぎつ瀬のはやる心も憩へとや五月の岸辺にやすむキアゲハ

気を許し手を差し伸べてゐるにせよ人は避けゆく夏の徒長枝

幾千の花を水面に散らし終へ五月の山へ消ゆる大藤

間違ひなしやつぱりヒトツバタゴの花　五月の空に雪降るごとし

棄てられし観葉植物健気なり今も青々山かげに生く

水風呂の水の冷たさ耐へがたし微温水こそ夏のやさしさ

オニヤンマ手のひら広げ停まりしがついと飛び去る八月の盆

風に乗るとんぼと風を切るとんぼ早送りかと夏は過ぎゆく

クロマニヨン人

日曜も月曜もなく飼ひ犬は小屋に日暮れの秋を聞いてる

晩秋に思ひ起こせよ目のひかり灯油入るるを窺ふ犬の眼

つんつんつんつつましきかな鉦叩きいのちはかなし秋冷えの夜

つづら折り下りてゆけばゆくりなくポニーが顔出す秋の医院に

屈まりて冬の道ゆくポリープのミリの浸潤わが身に秘めて

携帯をやめて私を見ないかと冬の夜空にすばるが光る

一瞬に雪に埋もれし東京にラスコーリニコフの冬を思へり

猫のゐさ提げて県道わたりゆく男とまたも出会ふ冬の日

着ぐるみのうさぎが寂しく踊ってる氷雨降る日のタイムセールに

初詣に暖パン履きてぼんやりと冬のユニクロ率など思ふ

雪風を凌ぎ一日家居する洞窟暮らしのクロマニヨン人

虚空へと金剛力士のごとく立つ強剪定の冬の街路樹

裸木の毛細血管を陽に曝す人体模型のごとき直立

冬川をふたつ寄りそひ流れゆく鴨のつがひか死骸となりて

馬に乗る埴輪の人がよみがへる落ち葉踏みゆく冬の夕暮れ

新雪に跡は残れりけだものになれず生きゆく我の足跡

さにつらふうすべに色のマカロンを不意に食べたしと思ふ冬の夜

雲と立つ父

食みし草与へし餌を語りつつ老女は三個卵くれたり

親鶏の名も書かれたる卵三《み》つ謹んで食む春の夕暮れ

ネクタイの揺れてひかりの粒となる新入社員は朝の歩道に

湯をあびて風呂場にもがく蜘蛛ひとつ髭剃るあひだ小さくなりぬ

細やかに子の症状の書かれたるそこだけ手書きのお薬ノート

柔らかき生え初めの歯の二つ見え虎の名を持つ赤子笑みたり

秋晴れのひかりの中を母親は吾子《あこ》に微笑みペダル漕ぎ行く

色黒き童のひとり入りきて紙飛行機を飛ばして去れり

人はみな美男美女とて灰《ひやあ》になる　語りて老医師三月後に逝く

微笑みて上り列車に消えたるが今となりては最後の別れ

勝ち負けを決めるでもなく寂しくてただじゃんけんを二回してみる

巫女さんが幣《ぬさ》持つごとく携帯を捧げ持ちつつ女生徒行けり

筋トレのタイヤチューブがテーブルにとぐろを巻きて我を凝視す

がっちりと握る手摑む手やはらかな命ある手がミトンで覆はる

電子辞書一括検索すぐにでる塚本邦雄も国定忠治も

二本線引きて残すや白色のテープで消すや言の葉の影

罵詈雑言の声は残れり犯人の顔を撮らむと突つ込む男

猛暑日を犬も喘ぐか保冷車がぽたりぽたりと雫を垂らす

本妙寺の段を登ればゆくりなく三年前のあの猫と会ふ

毛の抜けし頬の腫れたる愛犬と病院までの月夜を歩く

もの言はずおむつ替へさせ未熟さを諭すがごとく雲と立つ父

停止禁止の雲

ぼこぼこの口内炎が不憫でと娘は彼氏に野菜持ち行く

異界への扉おぼろに斎場がコンビニみたいに町に溶けてる

本当に冬眠なのかもしかして死んでゐないかシュテファニー亀

サンタさん四年生まで信じてた娘にあらたな命の宿る

夕暮れの停止禁止の雲に乗りゆるり過ぎゆく翁を送る

わが娘の無事な出産願ひをり窓辺明るむ朝に目覚めて

見晴らしの段に固まり父はゐつ頭ふりふり風と話して

南蛮と蔑せし裔《すゑ》のわれら今カステラおいしく頂いてをり

走り来て小《ち》さき手ひらき誇らしく二つ丸まるだんご虫見す

池の鯉しばし咥へて青鷺は何も無きごとひと飲みしたり

防蛾灯の光の海に抱かれて梨はしづかに月夜を眠る

泣きやみて母乳飲む子は黙々とリズム良く飲むふくらむいのち

合戦を控ゆる騎馬のごとく立ち車列は朝の信号を待つ

こともなく物は運ばれゆくならむ「安心院《あじむ》運輸」の密閉家具車

夢に見しジョーズの尾鰭冷え冷えと恐怖の正体つかめずにゐる

徳利《とつくり》に酒つぐごとく湯湯婆にとととととお湯をつぎゆく夜更け

身の内ゆはがれ来しかとゆくりなく眼鏡レンズはぱらりと外る

今日もまた取りに来られぬ早産の薬がトレイに首を捻《ひね》れり

処方箋のコピーをなにゆゑ持ち来たる出すに出されぬ抗インフル薬

東北の被災地思ひ日本語でプラシド・ドミンゴ歌ふ「ふるさと」

鶏肉とメロンがたまさか隣りあひ人の血肉となりゆく夕べ

ティッシュもて百足一匹手摑むを崇められたりさすがに家長

ただ待つにあらずや父の死はかくも夜《よ》のしづかなるときも近づく

貴種流離

詳細は誰も触れずに盛り上がり終演むかふ送別の宴

五個分の厚焼き卵テーブルのマウンテンたり黄金に光る

味噌汁に浮かぶおくらの五角星　角《かど》に種子もつ朝餉のひかり

朝靄を漕ぎ行く櫂の音のして自動洗濯機けふも働く

忘れ物取りに帰るか信号を反転したる一羽のカラス

水引のつがれば*庭に古くから在りしがごときその半日陰

＊つがる＝植物が根付くという意味の方言

階段を怖ぢて登らぬ歩道橋ゼブラゾーンへ犬と迂回す

貴種流離犬はさ迷ひ帰り来ぬ青きリードを泥に汚して

街の湯に父と入りしは去年なり寡黙なりしよその日も父は

わがことを夢に見しとふ母坐す肥後のふるさと近くて遠し

川ねずみの魚を捕ふる映像にしまし止まりぬ夕餉の箸は

かさかさと落ち葉ふみつつ横切れるゐのしし親子を犬と見送る

薪をくべ風呂を沸かせてゐし頃のくらしに戻る原発停めて

ふと見れば「カササギ営巣管理中」電信柱も人もやさしい

発信機付きの御身と知らざりきニュースは伝ふ皇居のたぬき

フルーツをたっぷり食べて食べ頃に太りゆくなりポリネシアの蟹

両脇を私服ふたりに固められ丸刈り生徒がスーパーを出る

いぢめなど無きや神社の杜に住むふくろふ悲しくほうほうと鳴く

夏男ならぬナッツ男やと言はれて今日もナッツ齧りき

幼子のしきり指さす向かうには幹にとまれるひとつカメムシ

綱引きのリボンの如く海《わた》に浮く島の帰属にいまだも揉める

冷蔵庫のコンセントまで次々と義母は真面目に引き抜きてゆく

四十九日うからで食べたる太秋柿今年も食めば父の偲ばゆ

雪上を行進しゆく兵士かとひとり夜更けの秒針を聞く

補欠の九番

一滴の樹液が偶然押しこめし万年前の羽虫《はむし》のリアル

始祖鳥の谺のごとき声を聞き獣《けもの》の気分で深山《みやま》をくだる

「古傷は痛みませんか」わたくしを覚えてくれたるタクシードライバー

江戸の世にハイビスカスも丹念に描《か》きこまれたる若冲「百花の図」

軍手ひとつ失くせし自分が許せずに犬の散歩を引き返しゆく

五百年前の光と影を見るカラヴァッジオ作「エマオの晩餐」

ぽっとりと言問ふごとく落ちてくる夜の蛇口に竜の目玉は

常日頃振り向きもせず出でゆくもしみじみと見る門といふもの

夜のホームに酔漢一人うめきをり給料泥棒くそ皆死ねと

茫洋たる海の青さを思ひつつ求め来たれり碧《あを》のぐい飲み

暗山《くらやま》を下り来たりて池の面の葉陰に揺るる光を見放《みさ》く

居酒屋を出で来し男女が手を繋ぐふと街の灯の途切るる辺り

伝説を持たぬ里山さ夜ふけて光る蛍のはつなつの恋

切腹も介錯もなき世を生きて画面に会津の落城を見る

小《ち》さき字でびっしり葉書は書かれあり博多で土曜に会はむと友は

人来れば人を喜び花咲けば花を喜ぶ誰も人の子

雑巾を右手に持てば倒さじと墓石支ふる意思の左手

敢然と赤芽柏に鋸をひく憚りしらぬ生命力に

軽トラの荷台に夜を運ばれて明日の記念日祝ふ胡蝶蘭

幾時間も横たはれば内臓の破裂するとふ巨象の涙

七トンの巨象が家を押しつぶし食料すべて食ひ尽くしゆく

幼稚園入園希望叶はぬも孫は明るし補欠の九番

遠花火たまゆら夢にあがるとき母の横顔ほのか明るむ

宝鐸草の花

言葉なく鳥の飛びゆく空を見る深く何かを懺悔するかに

せせらぎさへ聞こえぬ母を思ふなりさわさわ沢水飲む犬とゐて

臆病は身を守る術《すべ》　近づけばついと去りゆく池の水鳥

ゆふまぐれ辿りつきたる池の面を不意にはげしく叩くみづとり

つんつんつん啄みあるく小鳥らの胃には一体いかほどの餌

まやかしの煙のごとく麻薬なき麻薬金庫も二重の扉

大箱ゆ小包装へ移りゆく薬価改正近づく三月

一睡もできぬ激痛腸管に今もゐるらしエンテロトキシン

風なくも茅萱揺れをり五センチの小《ち》さき鼠の尻尾が絡み

癒えしかと窓を横切りカチガラス向かひの家の天辺に立つ

味噌の日のさんぐわつみそかの家籠もり降りみ降らずみひねもすのたり

とのぐもり降りみ降らずみゆく春のこころおぼろに憶ふ父の死

いつの日か後にまた見むわくら葉の陰にきのこの白き妖精

いくたびもいくたびも言ふ「お大事に」ときに掠れしテープのごとく

宝鐸草の花に飛び来て蜜蜂はしばし考ふその一、二秒

一切を捨てて帰るや母のもと花水木咲くこの家も捨て

老犬はふつとひといき足を止め一瞥したり勢《きほ》へる犬を

日曜は犬の散歩に妻も来る紫陽花咲ける霧雨の朝

金剛力士哀れみ給へ怒り給へ夜の峠に犬棄つる者

スーパーの半額刺身を楽しみに時計を見つつ仕事終へたり

でこぽんの形悪きが愛嬌と夕べ見てをり手の平にのせ

子を叱る娘の口調の気になれば時に口だす母の躾に

蚊食ひ鳥あらはるるなく繋がれて犬はすべなし夏の夕べを

百年の旧知のごとく化粧濃き女来たりて何をか謀る

バーベキュー浮かれ踊るを録画するかはるがはるに黒子となりて

亀のこゑ聞きもらさじと池の面に耳を傾く白百合の花

朝に見て夕にまた見る細き足　鶴かもしれずわが前をゆく

ハンカチの空飛ぶごとく白鷺はひらりはらりと光を返す

換気扇をりをり回り気まぐれに夏の日差しを細切れにする

じりじりとファックス動き大学の難病指定の処方が届く

処方せん三枚つづく末尾にはケナログ軟膏一本追加

毎食後九十回を印字して厳粛なるや自動分包

棚卸し終はればたちまち発注は笛吹くごとくピッと始まる

怪獣GODIVA

二〇一四年プロ野球日本シリーズ

眠剤を飲みてゐしとふ監督がしみじみ「ほつとした」秋の夜

マスコットのごとく孫さん現れて肩を抱きあひ勝利を祝す

敵ながらあつぱれぶらぼうメッセンジャーよくも投げたりクイックモーション

アウトレットにまたも目の合ふ同世代　白髪どうしが心を覗く

進退の適はぬ雨の泥炭地人を背負ひて人を待つ人

一夜にて豹変したる扇状地山の神々御座《おは》せぬ夜に

夢のなか先へは行けぬ粥状地ひとりふたりは埋もりてあらむ

メモ用紙見ながら答弁する人を横目に見つつ頷く家来

夢のなかに見知らぬ人の現れてじゃんがじゃんがじゃんと鳩を出したり

大量の荷物とともに年明けて転勤叶ひ娘が戻る

おしゃれブログ日々に綴ればいつのまに衣類の箱は山山山と

日々綴るおしやれブログは楽しいか「いいね」の数がみるみる増える

お遍路にゐさを背負ひて犬も行く　お大師様も嬉しかるべし

笑ひ声聞こえぬ夜の学校は門扉閉ざせる獄舎のごとし

エアコンの風にをりをり揺れてゐるまるで易者の筮竹《ぜいちく》のごと

分け合へば結婚三十二周年あつたかピザに心は足らふ

真夜中の鵺かスマホを見つつゆく若者をれば犬の吠えたつ

カテキンは摂れても茶葉の香りせぬ粉末緑茶のごとき論評

滑らかな白き手提げに六文字の怪獣ＧＯＤＩＶＡこころときめく

三番叟どこかラテンのリズムにて阿波に伝はる門付け儀式

あなうるさ朝なあさなを吠ゆる犬リモコン押せば鳴き止まぬものか

火炎樹のほむら消えたる寂寞の空を仰ぎてもどる日常

銭湯に見知らぬ男ならびゐて秘密めくかに足指洗ふ

新設の広きスーパー佩《は》き鎧《よろ》ふ防犯カメラが長居を拒む

箸の持ち方魚の食べ方

つつがなく教員生活終はりたる妻と向き合ふ二人カフェーに

「おはよう」でなくて「おはようございます」今も夫婦の挨拶をする

もはやもう電話の声は聞こえねど母は歌ふよ「りんごの唄」を

可視光のあればいつまでも見送りぬバックミラーに母の眼差し

雑巾のごときが道に跳ねたりと見れば目の合ふ田の牛蛙

雨あがり犬の放尿ながながしごめんよ落ち葉さくらの落ち葉

人はつく大嘘小嘘うそつかぬ犬がながが朝をゆまりす

眠られぬ夜を今なほ吠えてゐる犬に気付けり闇が怖いか

我知らずぽつとり落ちて鼻水は山の清水のごとく光れり

夢に見る伽藍堂なる研究室何ありしかが判らずにゐる

試薬器具一切消えたる部屋隅に再結晶のきらめきを待つ

蛍光灯間引きされたる部屋になほ競ひ創りき新薬の種

散り散りになりたる当時のラボスタッフひとり昇れり監査役らし

新薬の部署は閉ざされことほぎの如くも今を謳歌すジェネリック

バソキ屋が逆さ言葉と気付かずに通り過ぎにし我のいくとせ

神さびる巨大マシンの地を穿つさま見てをりき病室の窓

段ボールにぎつしり詰めて溶解す個人情報千八百円

雨の夜に疼くと聞けば取り寄せの湿布持ちゆく雨傘さして

一日を山折り谷折り小刻みに仕事したれど終りは見えず

五、六回解凍モードを繰り返し夜更けに作る焼き芋もどき

今更と思へど今から矯正す箸の持ち方魚の食べ方

渋滞の道の向かうに一心に股間舐めゐる黒犬が見ゆ

触れられてふとも鳴りだす風鈴の鳴り止むまへの音のかそけさ

高見順「われは草なり」の詩を載せてブログ閉ぢたるをみなを思ふ

炭酸泉のあわわわわ

ゆらゆらと垂れて光れるファイバーが小《ち》さき胃の腑をくまなく探る

鬱々と曇り日多き一月の空に年初の微光をさがす

ブログブログブログにはまる妻と子のそばで薄目に新聞を読む

アップルパイいちご大福つくる妻　職退きてより乙女のごとし

ゆづりあひ共に光を分かちあふ互生対生輪生の葉

コカ・コーラずしりと重く若き日の弾ける泡のかたまりを買ふ

スマートフォン深夜に開き音量を下げてしづかに「吾亦紅」聴く

風雪に籠る一日ぴろろんとまんまる赤子の画像が届く

ペン先は紙に動かず天逝のごとく広がるばかりのインク

メルトダウン思はず今日もオレンジの光が灯り保温は続く

漢方の朝のくすりを封切れば魔法のけむりが光に浮かぶ

さんざめく男子の列を立ち漕ぎに女生徒ひとり追ひ越してゆく

二〇一六年（平成二十八年）四月、熊本地震

うすぐもる寂しい朝だ万端の物資積み込み熊本へ発つ

ライフライン何も通はぬ雑木々にしきり鳴きをり朝の鶯

さくらばな仮象の花か散りぬれば地揺れ人揺れ悪夢は続く

モーターを習ひし頃に夢想せし電動歯ブラシ今や流布せり

歯磨きのＡＩロボ欲し口中にうごめく微小な虫型ロボット

口中に含めばおのづと動き出すお掃除ルンバのごときロボット

明け方の光に薄きカーテンを開くるがごとく目蓋をひらく

リブロース切り分けタイム列に待つ人を見ながら三分並ぶ

犬のゐさ変へむか思ふアレルギーゆゐに足うら舐め止めぬ犬

軒先を借りて驟雨をやりすごす犬の目線で共に見る雨

犬の目が義眼のごとく透きとほり我を見上ぐる梅雨晴れの朝

膝下の動きのみ見ゆ夕暮れのダンススクール影絵のごとし

テロリストかくもありなむクラクション鳴らす男の横顔を見る

戦国の武将のごとき男来て気圧されてをり銭湯の湯も

まとひつく炭酸泉のあわわわわ男七人急所隠さず

街路樹の瘤のごときか耳たぶの後ろのしこりに思はず触れる

アフリカのハシビロコウに睨まれて十万年を逃れつづける

パラリンピック正木健人の柔道に圧倒されて秋風すがし

フィラリアらりあ

ポケットに突然スマホが震へだし還暦前の死を伝へ来る

知らざりき余命二年とマンションを訪ねし夏の海のきらめき

ミステリー、大河ドラマに朝ドラに日にいくたびも人の死を見る

バカボンのパパは菊池市出身

菊池郡七城中学出身のパパは馬鹿でもラリってないぞ

東京のバナナと飯塚のサブレーが新幹線で東北へ行く

淡雪とも羊羹とも似て非なる「宝満山」は口にとろける

ダイソーのおもちゃ三つに嬉々として今日は良き日と寝ねたるらしも

避けなさい知らんぷりして避けなさい幼い君にも世間の荒波

遠目には黒塗り文字のごとくあり個人情報利用規約は

玉かぎる朝の陽あはく翳らへば微粒子生れし大陸思ふ

雲間より不意に放射状に差す朝日かくも漫画のごときデフォルメ

二〇一二年に秋田犬が贈られ「ゆめ」と命名された

和やかに「ゆめ」と遊ぶもプーチンの破顔一笑見たること無し

殺処分のがれ羽ばたく渡り鳥　炭酸ガスに鶏は死ぬ

地動説をローマ教皇の認めしは何と一九九二年

ドローンを鷲がはっしと摑み取り大統領の命を守る

敬虔な黒衣の僧のごとくしてラブラドールが人を導く

ドライバーのはっと驚く美しき所作に子供が道を渡りぬ

バンパーに悲運の虫を貼りつけて帰り来たれり夜の高速

車にはいまだ灯油が臭ふゆゑ窓開けて行く冬のバイパス

死角から豹のごとくに現れてバックミラーに白バイがゐる

減速しさつと左に寄りゆけば過ぎ去りゆきぬ風の白バイ

気のせゐか車体後部に音のして追ひて来たれるクレーマー居士

しつとりと雨降りて来よ一瞬を接触したる夕べのこころ

机越し趣味は無いと答へをり粛々すすむ警察調書

縄打たれ歩みゆく見ゆ取り調べ受くるドアーの向かうにふたり

うねり来し巨大な波がすがた変へ夜の静寂《しじま》にぽとりと落ちる

平日も日祝日も定休日いつか来む日のいつかの近し

三世代の犬を屠りし病なりフィラリアありありあ苦しゑ

大田区にもむかし肥溜めのありしことはつとして読む『帰去来の声』

どうぞの椅子

電話機に文字のつらつら出で来るを今更ながら不思議と思ふ

天球のごとく和室にしづかなり誰も乗らないメディシンボール

下敷のいきなり割るるかのごときぎつくり腰にしばし動けず

洗濯機、靴箱、柱、冷蔵庫　ぎつくり腰に寄りゆく所

ぎつくり腰歩幅小さく歩みゆく孫の喜ぶスイカを提げて

くわんぬきの動くがとても面白く開け閉め止《や》めぬ二歳の子ども

集中し来向かふ男に道を開《あ》くスマホ片手に一瞥もせず

伊勢うどんころころころんの太麺に味しみわたり喉元ころろん

引きこもる甥はもっそり顔を出す犬の毛あまたジャージにつけて

わくらばの散り敷く道は裏山ゆ間道のごとく神社へ通ず

夕光《ゆふかげ》の潮溜りにはアメフラシ石に紛れてもっそり生きる

関節に水の溜まると言ひてゐしばあちゃんの顔ばあちゃんの声

味噌汁の味うまかりし祖母の家枇杷の実りし肥後の京町

急患センター

失神し岩のごとくになりたるを三人がかりに担ぎあげたり

転倒し頭を三針縫はるるを見てをり頭皮に滲む鮮血

ぼろ布のごみかとも見え夕暮れの歩道に人は犬を降ろせり

裂くるとき声あげにしか老木の樹皮に深々はしる古傷

ショベルカー懺悔するかに手をつきて雨の更地にひとり佇む

あくまでも広き敷地に立つ納屋は何もなきかに今もかたぶく

家の前「どうぞの椅子」の置かれありいつも見て過ぐ寂しげな椅子

風止めば金のすすき穂かなしみに耐ふるがごとき直立をする

手袋に付きて離れぬオナモミのごとき絆を持ちたし冬は

声かけて犬に手を振りゆく人を今朝も見てゐる庭のつはぶき

腸は鎮もる

田仕舞の白き煙は山あひに戦国時代ののろしのごとく

星の名にどこか似てゐるプリウスが星座のごとく冬を行き交ふ

密偵が茶店に一服するごとく夜を忍びてトイレに坐る

この夜は何の因果応報かこれで三度目トイレに坐る

昼食はただこれだけのみかん二個ひんやりとせる金のかがやき

幼きは幼きながら艶やかに口上を述ぶ楓の若木

ふるさとへ帰れぬ今年の歳末は海老の背わたを妻が取りをり

切除胃はかくも苦しく食べ過ぎのローストビーフに身を捩らせる

度々をここに幽霊あらはれてパチンコ帰りの無灯火に会ふ

半日をカード捜して家居せり妖術に眠るキャッシュカードよ

蠟梅の花は寂しい　冬空が語りかけたく風花を贈る

さざれ石に苔のむすまでとはゆかず歯石取られて歯はつるつるに

宮部みゆき　新聞連載二〇一三年三月～二〇一四年四月

『荒神』のすさぶ怪物　本性をあらはす原子の炎と思ふ

不動在庫いまも生きてる医薬品デッドストックと呼びて分け合ふ

交換をせむとて計算やり直す一錠千円以上の薬

一錠が何と一万四千円小指の爪より小さく白し

肺動脈性肺高血圧症エンドセリンを抑ふる薬

そこまでの四、五メートルをダッシュする宅急便は軍隊のごと

昔年のウキのかずかず小箱には海を忘れし彩りあまた

携帯でアンパンマンに電話せり五分経つたらやつて来るらし

満開の土手の桜の木の下に狸が我を見つめてゐたり

大刀洗電波部巨大アンテナ群傍受し止まず北鮮情報

野苺を咥へてぴょんぴょん跳ねてゆくぜんまい仕掛けの朝の小雀

椋鳥に果たして百足は食はれしか飲食《おんじき》すなはち事件の現場

緑蔭に足裏見えてひと休みしばし眠れる植木職人

沼深く動かぬ水のごとくして昏き夕べに腸は鎮もる

巡礼の亀

紫陽花のグラデーションをゆっくりと辿れば海の青が広がる

くもがにの十万匹が脱皮する南の海の満月の夜

ヒトツバタゴの花咲く家の人と知りしまし語らふナンジャモンジャを

抜けかはる犬の冬毛がさわさわと桜散らしの風にとびゆく

水あかりに誘はれ来ればば夕闇にまぎれず白きヤブデマリの花

かつて父哲学者然とうずくまりし道はこの辺　笹が揺れてる

朝六時父は仏壇に手を合はせ般若心経唱へてゐたり

ふるさとの葱のぐるぐる肥後弁のふとも懐かし酢味噌に食みき

悔しさに唇を嚙むふるさとの母の転倒電話に知れば

ひとり身を貫く妹の弾くピアノ闊達なれば吾は悲しむ

乳白色にけぶれる街の朝靄にポール・モーリア「恋はみずいろ」

六月の庭をめぐりておもむろに出でてゆきたる巡礼の亀

出来るだけ腰を死から遠ざけて二十秒保持これを三回

ユーチューブ再生してはシンフォニックメタルバンドにこころ奮はす

夏の少年

黙禱にまづは始まるいとこ会　歌下手ゆゑにひとり歌はず

無風かと思へばそこだけ揺れてゐる木の天辺に風のあるらし

正体はチワワと知りたる家のまへ「猛犬注意」のステッカーあり

たまきはるいのちの白湯をまづ一杯食事日記に書かぬ一杯

夕映えの瓦の向かう冬の木は金の広葉を見せて直立《すぐだ》つ

幻想は持たずともよし選良にならずともよし所詮もつこす

眉太き店主自慢のさくら丼なれど不味さは笑はんばかり

こだはりのコーヒー飲んでパンを食ぶああ世の中に人様がゐる

我が身より飛び立つ鳥のあらばあれ光あまねし如月の空

薄つぺらい人生だなあ　はい次の方　三途の川の門番が言ふ

寅さんに絶対マスクは似合はないぢりりりぢりりりと五月のマスク

悠然と梅雨の晴れ間に現れていづこ消えゆくゴミムシダマシ

石の声ぢつと聞くかに耳を当つ耳の水抜く夏の少年

解禁のスーパー銭湯ふくの湯に雲を見てをり猿《ましら》のごとく

熱過ぎて耳がきんきん痛くなる禿頭王はサウナ下段へ

江戸の世の驟雨にさつと傘が来るちよいと兄さん入つてゆきな

モンゴルと北イタリアにも我に似る人はゐるらむ　星を見上げる

僧侶の鉦

女子高生にきやつと叫ばれハシボソは飛び立ちゆきぬ秋の真青へ

太宰府の天開稲荷の道脇に拾ひし大きな松かさ七つ

なにゆゑに梶山静六現れて夢に我なぞ指名したるや

葉が落ちる赤芽柏の葉が落ちる今日もそもさん明日もそもさん

うすぐらき朝の雪降る道をゆくゴム長靴の兵士となりて

津田式の手押しポンプの錆ふかし今なほ神社に捨てられずあり

強引に夜の道より出できたりバイク男は犯人めきて

人生の終りの靴はズックなりイタリア製の靴にあらなく

ふはふはとあると思へぬ重量にやがて落ちゆく埃のあはれ

花の名に狐と狸の化かし合ひキツネノカミソリ、タヌキノカミソリ

知らぬ間に竹の子つんつん伸びてをり若葉寒とは竹の冷たさ

六月の夕べ一瞬かがやきて水面をわたる風は翡翠

経を読む僧侶の鉦の一区切り　かみなり落ちて梅雨は明けたり

いらんかえいらんかええとうら淋し夜のとばりを猫の鳴く声

十二色のいろえんぴつしかないぼくに五十五色のゆふぐれが来る　荻原裕幸『世紀末くん！』

コロナにも雨にも籠る八月は五十五色の夕暮れを待つ

Tシャツの背には漢字の十柱戯《ボウリング》　車列の間《あひ》を抜けてゆきたり

三日月のうすき光に咲きそむる秋の鬱金の白きはなびら

草むらに虫の音澄みて姿なし海達公子を思ふ月の夜

ゆく雲に雲の声なし入管に人の死にゆくこの秋津島

サボテンの棘がなかなか取れなくて見えないものを何度もつまむ

われは土の子

隙間からおはぐろとんぼ忽然とここは那珂川裂田《さくた》の溝《うなで》

犬蓼の先に止まれる蜆蝶ゆきそびれたる十月の神

二股のどんぐりの木に入り込みどんぐり帽子ふみくん笑ふ

大野城ここ牛頸のおはぎ屋はおはぎ以外は売らぬおはぎ屋

車なき車庫のシャッター開け放ち下駄を作るに余念なきひと

ヒクイドリの首を落ちゆく丸飲みのりんご可愛いや可愛いやりんご

永遠に会ふはずのなき人われがトリノの街に無聊をかこつ

素裸に本を読みゐる極月の露天のひとよ風邪を召さるな

凍星か遥か干潟にねむる貝　空き巣に盗られしわが腕時計

渋り腹かかへて歩くゴッホ展オランダ時代の色調暗し

馬鹿正直に愚直に真面目に頓挫してそののちのこと　利休にお聞き

筑紫《つくし》とも筑紫《ちくし》とも言ひ弥栄《いやさか》の春でも無しに原田《はるだ》とふ駅

異様《ことざま》の声に泣きたるキー坊は二、三十分手の付けられず

この角《かど》もいつか懐かしき場所となる清正くんに会ひにゆく道

蕗の薹はるのいぶきをねぢり摘み土手につくばふわれは土の子

ああここもあそこも桜の木だらけと気付く四月のメランコリック

砕氷船春の氷を割り進むその先端の音を聞かばや

万雷の声は起これり金柑に今し鴉ら寄り来るところ

半額シール貼られし後に手が伸びる魬《はまち》サーモン鶏魚《いさき》間八

白き花咲かす木の名を知らずゆく空木莢蒾《がまずみ》もうすぐ栗花落《ついり》

スマートフォンの暗黒画面に映りたるレンブラントの我の自画像

ウラジーミル・ヨシヒロヴィチが遠く聴く入相の鐘ウクライナの鐘

むらぎもの心を狙へプーチンの鉄砲百合が遠目にけぶる

あとがき

短歌とはほとんど縁のない世界を歩いてきました。キャベツダイエットをしている最中に胃癌が見つかり、二〇〇八年、五十四歳のとき手術をしました。その時、執刀医から食事日記をつけることを勧められました。その習慣は今でも続いているのですが、ついでにその日の出来事を時折メモするようにもなりました。折に触れてそのノートを見ると短歌っぽいフレーズが出来ている事に気づき、新聞の短歌欄にも興味を持ちました。そういえば、母が時々石川啄木の歌を口ずさんでいました。それもあるのか中学生の時、岩波文庫の歌集を買って読んだ記憶があります。

ある日、母と同世代の女性から朝採れの平飼いの卵を頂きました。白とか花とか親鳥の名前と産卵日が卵に書いてありました。何故かそのことにいたく感動して作った短歌が

「短歌研究」に二首載りました。活字になった最初の歌です。

食みし草与へし餌を語りつつ老女は三個卵くれたり

親鶏の名も書かれたる卵三《み》つ謹んで食む春の夕暮れ

主に地元の新聞や「短歌研究」に投稿したりして無所属で短歌を作ってきましたが、二〇一六年十月に「短歌人」に入会しました。本集はおおよそ二〇〇九年以降の作品を抜粋して四〇五首としました。青春歌も相聞歌もなく何を目指したという訳でもなく、いわゆる身めぐりの歌になります。

ふるさとの葱のぐるぐる肥後弁のふとも懐かし酢味噌に食みき

歌集名としたひともじのぐるぐるは分葱をぐるぐる巻きつけ酢味噌で食べる熊本の郷土料理です。単にぐるぐるとも言い、子供の頃は特に美味しいとも思わず格段の思い入れがある訳でもありませんでしたが、今となっては懐かしい食べ物で、手綱蒟蒻なども一緒に食べたりします。今では時折妻が作ってくれます。

六十代後半にして第一歌集ということになります。いつまでも自分で持っているのでなく短歌は成仏させてやらなければならないと知り合いの方から言われました。その言葉が歌集作りの背中を押してくれました。感謝申し上げます。

もうあの卵をくださった方に再びお会いすることは出来ません。ちょっとしたお礼の気持ちの卵だったようです。何気なく下さった卵の心に本歌集をもって答えようと思います。今にして思えば短歌作りへの意欲をかき立ててくださったように思います。

三年前から毎月参加しているよつかど短歌会の皆様いつもお世話になり、ありがとうございます。

毎月選歌していただき今回帯文を賜りました小池光様、歌集作成の一から教えていただいた六花書林の宇田川寛之様、イメージの広がりを賦与していただいた装幀の真田幸治様、お世話になりました。ここに厚く御礼申し上げます。ありがとうございました。

二〇二二年七月

田上義洋

略　歴

田上義洋（たのうえよしひろ）

1954年１月　熊本市生まれ
2008年　　　短歌を作り始める
2016年10月　「短歌人」入会
2019年10月　よつかど短歌会入会

〒811-1203
福岡県那珂川市片縄北２-17-９

ひともじのぐるぐる

2022年10月 4 日 初版発行

著 者――田 上 義 洋

発行者――宇田川寛之

発行所――六花書林
〒170-0005
東京都豊島区南大塚 3 - 24 - 10 マリノホームズ1A
電 話 03-5949-6307
FAX 03-6912-7595

発売――開発社
〒103-0023
東京都中央区日本橋本町 1 - 4 - 9 フォーラム日本橋 8 階
電 話 03-5205-0211
FAX 03-5205-2516

印刷――相良整版印刷

製本――仲佐製本

定価はカバーに表示してあります
ISBN978-4-910181-40-0 C0092